袁安碑　袁敞碑

中國碑帖名品〔七〕

上海書畫出版社

《中國碑帖名品》編委會

編委會主任

盧輔聖　王立翔

編委（按姓氏筆畫爲序）

王立翔　沈培方
胡傳海　孫稼阜
張偉生　馮　磊
盧輔聖

本册責任編輯

馮　磊

本册釋文注釋

俞　豐

本册圖文審定

沈培方

前言

中華文明綿延五千餘年，文字實具第一功。從倉頡造字而雨粟鬼泣的傳説起，歷經華夏子民智慧聚集、薪火相傳，終使漢字生生不息、蔚爲壯觀。伴隨著漢字發展而成長的中國書法，基於漢字象形表意的特性，在一代又一代書寫者的努力之下，最終超越其實用意義，成爲一門世界上其他民族文字無法企及的純藝術，并成爲漢文化的重要元素之一。在中國知識階層看來，書法是中國人『澄懷味象』、寓哲理於詩性的藝術最高表現方式，她净化、提升了人的精神品格，歷來被視爲『道』『器』合一。而事實上，中國書法確實包羅萬象，從孔孟釋道到各家學説，從宇宙自然到社會生活，中華文化的精粹，在其間都得到了種種反映，書法無愧爲中華文化的載體。書法又推動了漢字的發展，篆、隸、草、行、真五體的嬗變和成熟，源於無數書家承前啓後、對漢字美的不懈追求，多樣的書家風格，則愈加顯示出漢字的無窮活力。那些最優秀的『知行合一』的書法家們是中華智慧的實踐者，他們彙成的這條書法之河印證了中華文化的發展。

因此，學習和探求書法藝術，實際上是瞭解中華文化最有效的一個途徑。歷史證明，漢字及其書法衝破了民族文化的隔閡和時空的限制，在世界文明的進程中發生了重要作用。我們堅信，在今後的文明進程中，這一獨特的藝術形式，仍將發揮出巨大的力量。然而，在當代這個社會經濟高速發展、不同文化劇烈碰撞的時期，書法也遭遇前所未有的挑戰，這其間自有種種因素，而漢字書寫的退化，或許是書法之道出現踟躕不前窘狀的重要原因，因此，有識之士深感傳統文化有『迷失』、『式微』之虞。書法藝術的健康發展，有賴對中國文化、藝術真諦更深刻的體認，彙聚更多的力量做更多務實的工作，這是當今從事書法工作的專業人士責無旁貸的重任。

有鑒於此，上海書畫出版社以保存、還原最優秀的書法藝術作品爲目的，承繼五十年出版傳統，出版了這套《中國碑帖名品》叢帖。該叢帖在總結本社不同時段字帖出版的資源和經驗基礎上，更加系統地觀照整個書法史的藝術進程，彙聚歷代尤其是今人對不同書體不同書家作品（包括新出土書迹）的深入研究，以書體遞變爲縱軸，以書家風格爲横綫，遴選了書法史上最優秀的書法作品彙編成一百册，再現了中國書法史的輝煌。

爲了更方便讀者學習與品鑒，本套叢帖在文字疏解、藝術賞評諸方面做了全新的嘗試，使文字記載、釋義的屬性與書法藝術造型、審美的作用相輔相成，進一步拓展字帖的功能。同時，我們精選底本，并充分利用現代高度發展的印刷技術，精心校核，原色印刷，幾同真迹，這必將有益於臨習者更準確地體會與欣賞，以獲得學習的門徑。披覽全帙，思接千載，我們希望通過精心編撰、系統規模的出版工作，能爲當今書法藝術的弘揚和發展，起到綿薄的推進作用，以無愧祖宗留給我們的偉大遺産。

上海書畫出版社

簡介

《袁安碑》，全稱《漢司徒袁安碑》。東漢永元四年（九二）立。篆書，十行，行十五字，共計一百三十九字。碑高一百五十三釐米，寬約七十四釐米。出土年代不詳，亦未見前人著録。碑側有明萬曆二十六年（一五九八）三月題記。後被人移置到河南偃師縣西南三十里辛家村牛王廟中作了供案，刻字之面向下。一九二八年初，牛王廟改作辛村小學，供案仍在原地放置未動。次年夏，一兒童臥石案下乘涼，發現石上刻有文字，即告知村人，村人任繼斌遂以拓本流傳行世。一九三八年，當地組織文物保管委員會將此碑收存。現藏於河南省博物院。書法厚重雄茂，婉轉多姿。爲漢代篆書之佼佼者。

本次選用之本及整幅均爲上海圖書館所藏民國發現時之初拓本，係首次原色全本影印。

《袁敞碑》，全稱《漢司空袁敞碑》。東漢元初四年（一一七）立。篆書，十行，行五至九字不等。殘石高七十八點五釐米，寬七十一點五釐米。一九二二年春出土於河南偃師。一九二五年石歸羅振玉，現藏遼寧省博物館。袁敞是袁安之子，此碑字跡與《袁安碑》似出一人之手。

本次選用之本爲朵雲軒所藏民國時出土初拓本，係首次原色全本影印。

袁安碑

司徒公汝南女陽袁安召公授易孟氏
永平三年二月庚午以孝廉除郎中四
十一月庚午除給事謁者五年四月乙
遷東海陰平長十年二月辛巳遷東平
城令十三年十二月丙辰拜楚郡
守十七年八月庚申徵拜河南尹
建八年六月丙申拜太僕元和三年五
丙子拜司空四年六月己卯拜司徒
孝和皇帝加元服詔公為賓永元四年
月癸丑薨閏月庚午葬

漢袁安碑拓本

槑盦

司徒：相傳少昊始置，唐虞因之。周時爲六卿之一，稱地官大司徒。掌國家土地和人民教化。漢哀帝元壽二年，改丞相爲大司徒，與大司馬、大司空并列三公。東漢時改稱司徒。

女陽：即『汝陽』，西漢置，屬汝南郡。治所在今河南商水縣西北。《後漢書》卷四十五《袁安傳》：『袁安字邵公，汝南汝陽人也。』

陽袁安／召公，授／

《易》孟氏學：西漢經學家孟喜所創。孟喜，字長卿，東海蘭陵人。從田王孫受《易》，與施讎、梁丘賀同學。宣帝時立爲博士。喜授同郡白光少子、沛郡翟牧子兄，皆爲博士。於是孟氏之《易》有翟、孟、白之學。事見《漢書》卷八十八《儒林傳》。

《易》孟氏（學）。／永平三／

永平三年：公元六〇年。二月庚午：为二月二十五日。

年二月/庚午，以/

孝廉：孝，指孝悌者；廉，指清廉之士。始爲漢代選拔人才的兩種科目，東漢尤爲求仕者必由之途，後往往合爲一科。

除：授官，任命官職。《後漢書·袁安傳》：『安少傳良學。爲人嚴重有威，見敬於州里。初爲縣功曹，奉檄詣從事，從事因安致書於令。安曰：「公事自有郵驛，私請則非功曹所持。」辭不肯受，從事懼然而止。後舉孝廉……』李賢注引晋周斐《汝南先賢傳》：『時大雪積地丈餘，洛陽令自出案行，見人家皆除雪出，有乞食者。至袁安門，無有行路。謂安已死，令人除雪入户，見安僵卧。問何以不出。安曰：「大雪人皆餓，不宜干人。」令以爲賢，舉爲孝廉。』

孝廉除／郎中。四（年）／

十一月庚午：爲十一月初五日。

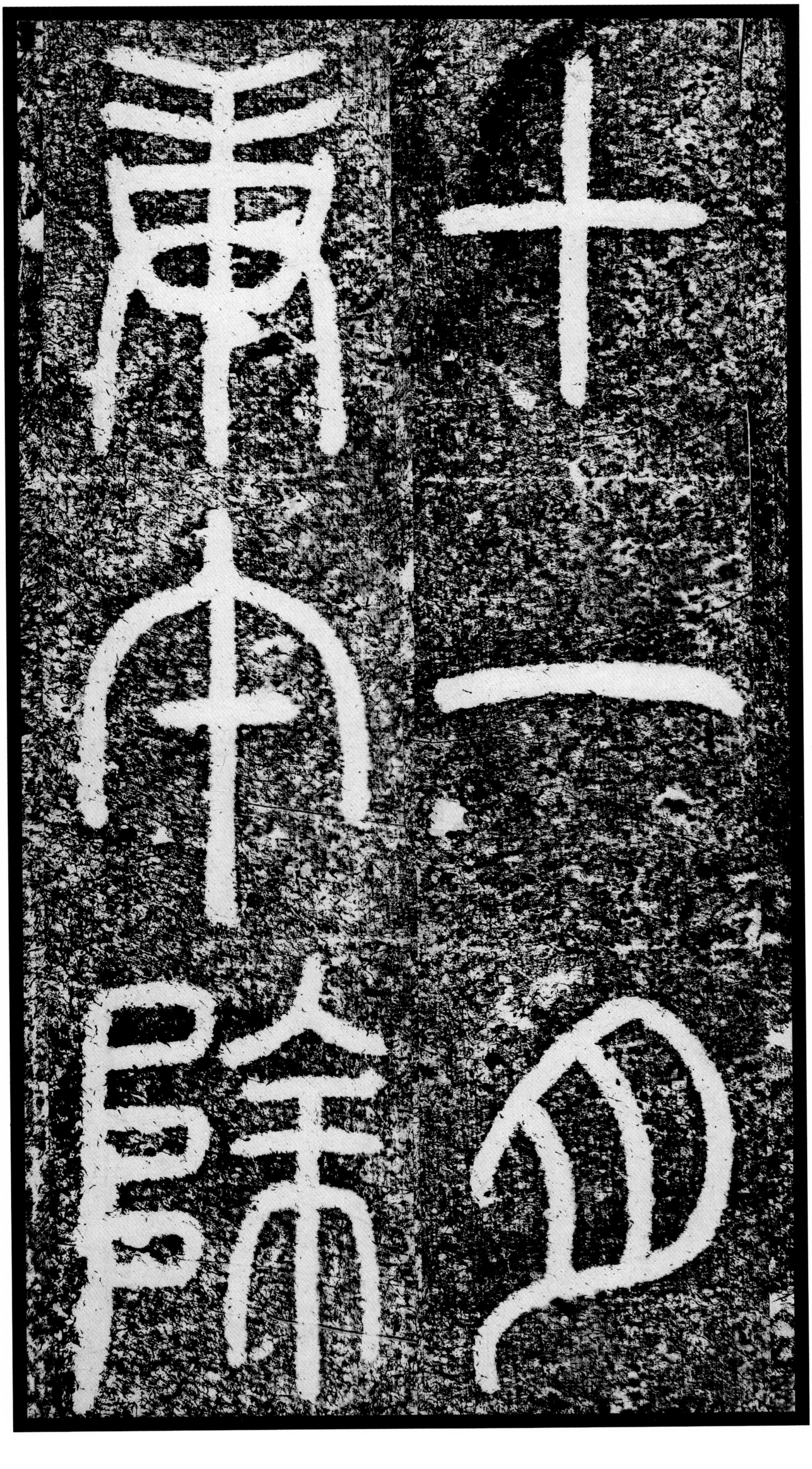

十一月／庚午，除／

給事謁者：東漢末光祿勳屬官謁者僕射，秩四百石。掌賓贊受事，及上章報問，將大夫以下之表，掌使吊。凡謁者，初爲灌謁者，滿歲爲給事謁者。見《後漢書·百官志》。

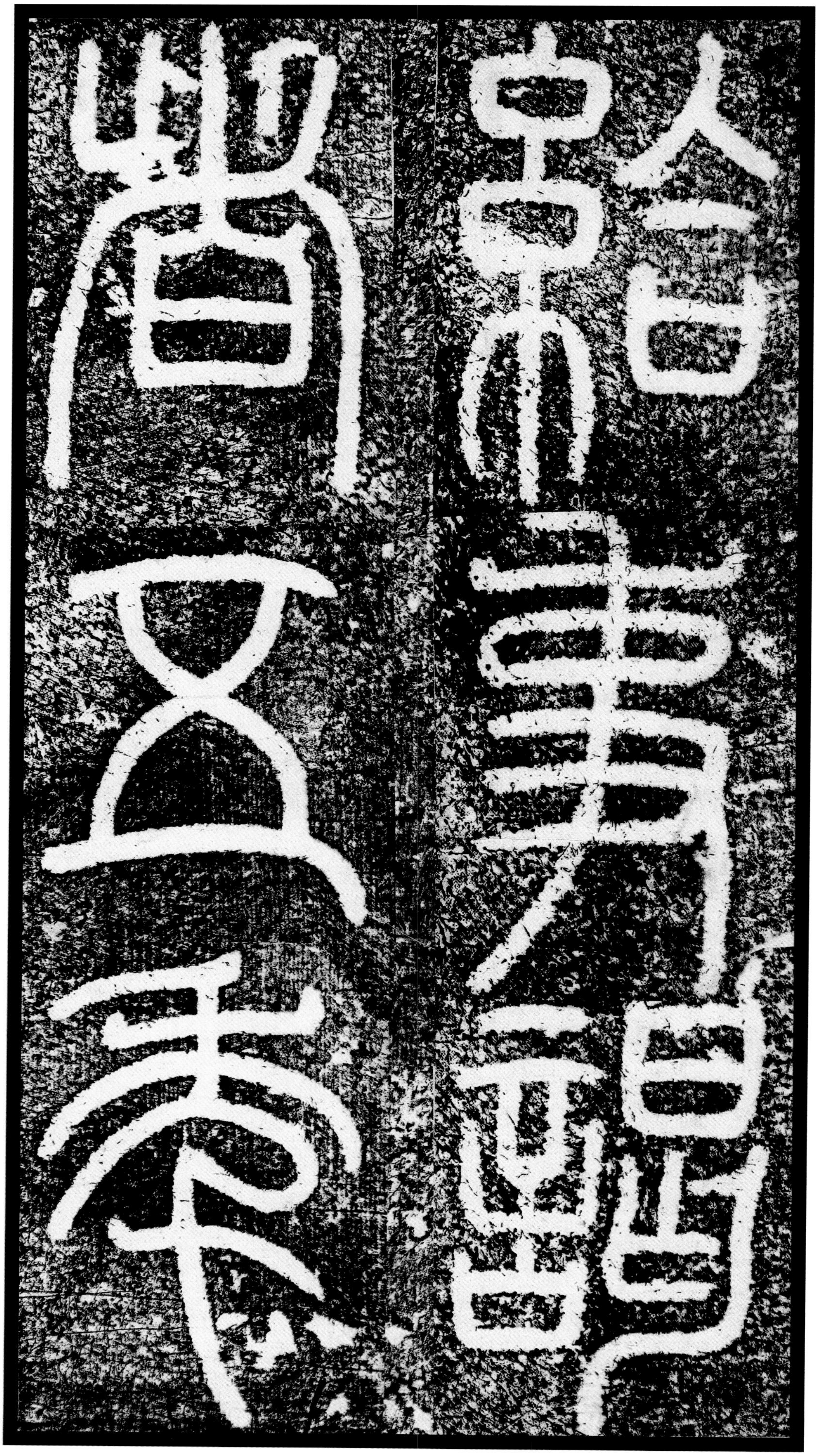

給事謁／者。五年／

乙□：此年四月初十爲『乙亥』，二十爲『乙酉』，三十爲『乙未』，故缺字必三者之一，然不能確定。

四月乙□，／遷東海／

陰平長。／十年二／

月辛巳，／遷東平／

二月辛巳：爲二月十六日。

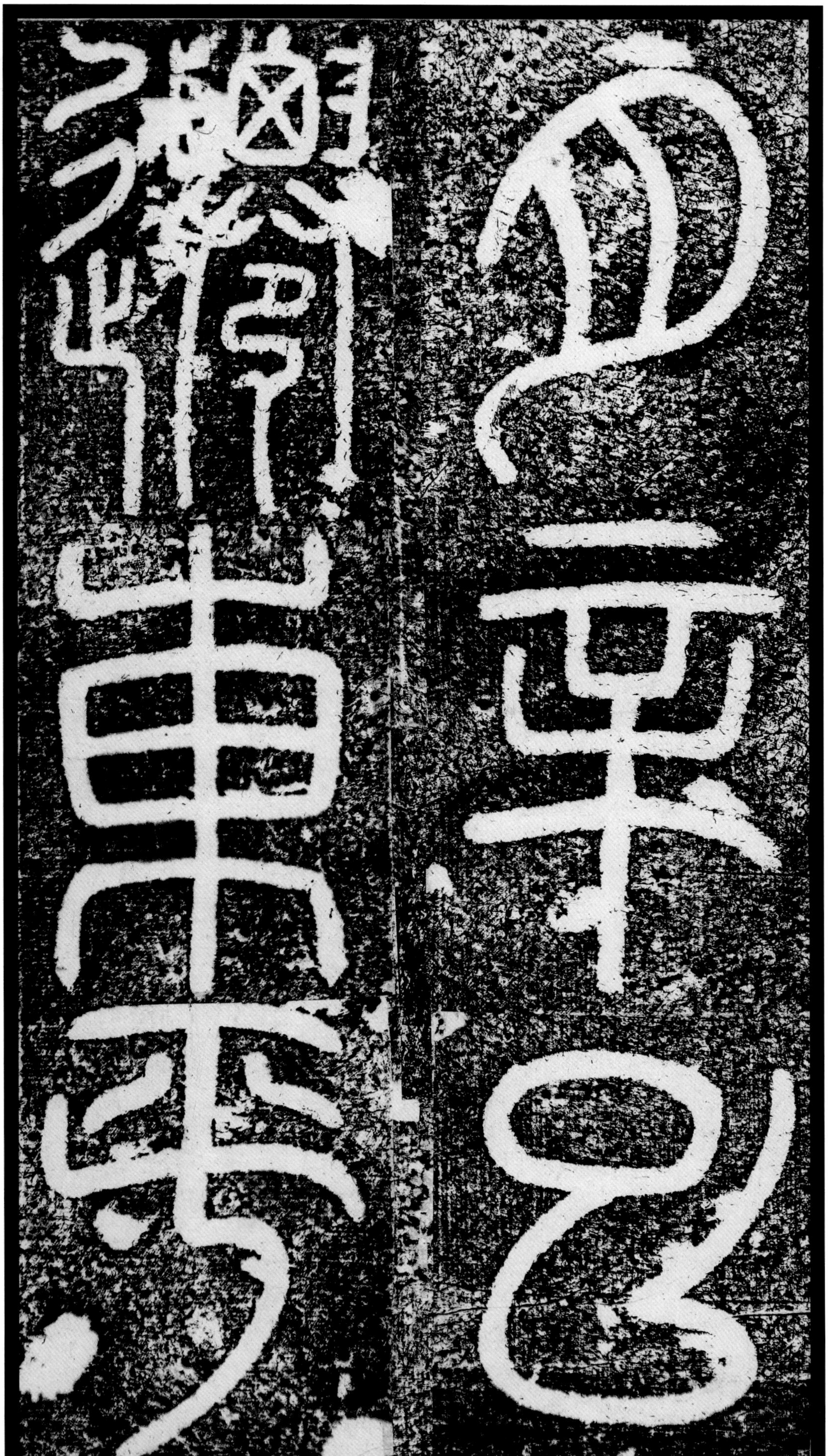

（任）城令。十／三年十／

十二月丙辰：爲十二月十四日。

拜：拜官。《後漢書·袁安傳》：『永平十三年，楚王英謀爲逆，事下郡覆考。明年，三府舉安能理劇，拜楚郡太守。』

二月丙/辰，拜楚/

郡（太）守。十＼七年八＼

八月庚申：爲八月初九日。

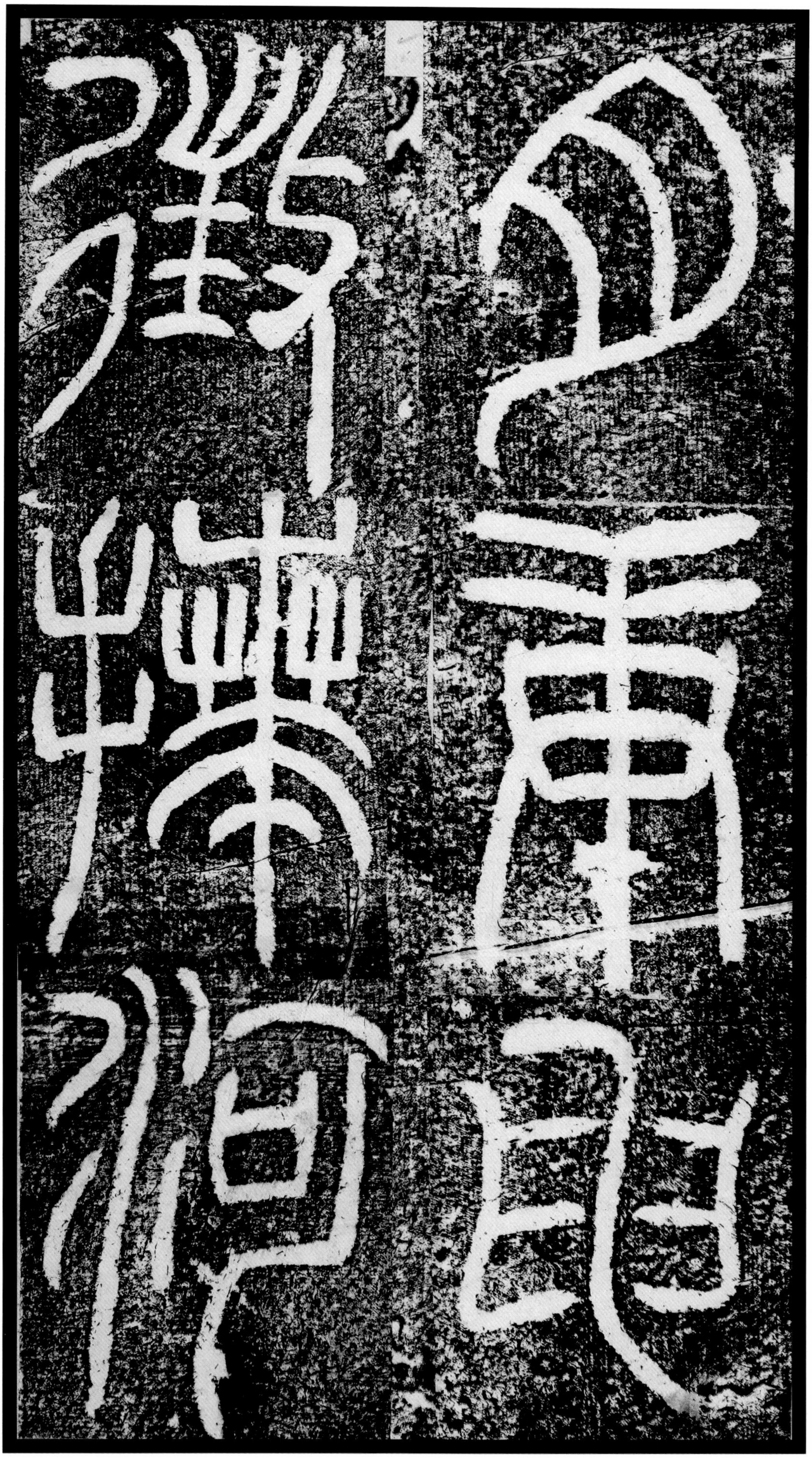

月庚申，／徵拜河／

河南尹：官名，東漢置，爲京都洛陽所在郡的長官，秩二千石，掌京都，典兵禁，特奉朝請等。《後漢書·百官四·河南尹》：『河南尹一人，主京都，特奉朝請。其京兆尹、左馮翊、右扶風三人，漢初都長安，皆秩中二千石，謂之三輔。中興都雒陽，更以河南郡爲尹，以三輔陵廟所在，不改其號，但減其秩。其餘弘農、河内、河東三郡。其置尹，馮翊、扶風及太守丞奉之本位，在《地理志》。』

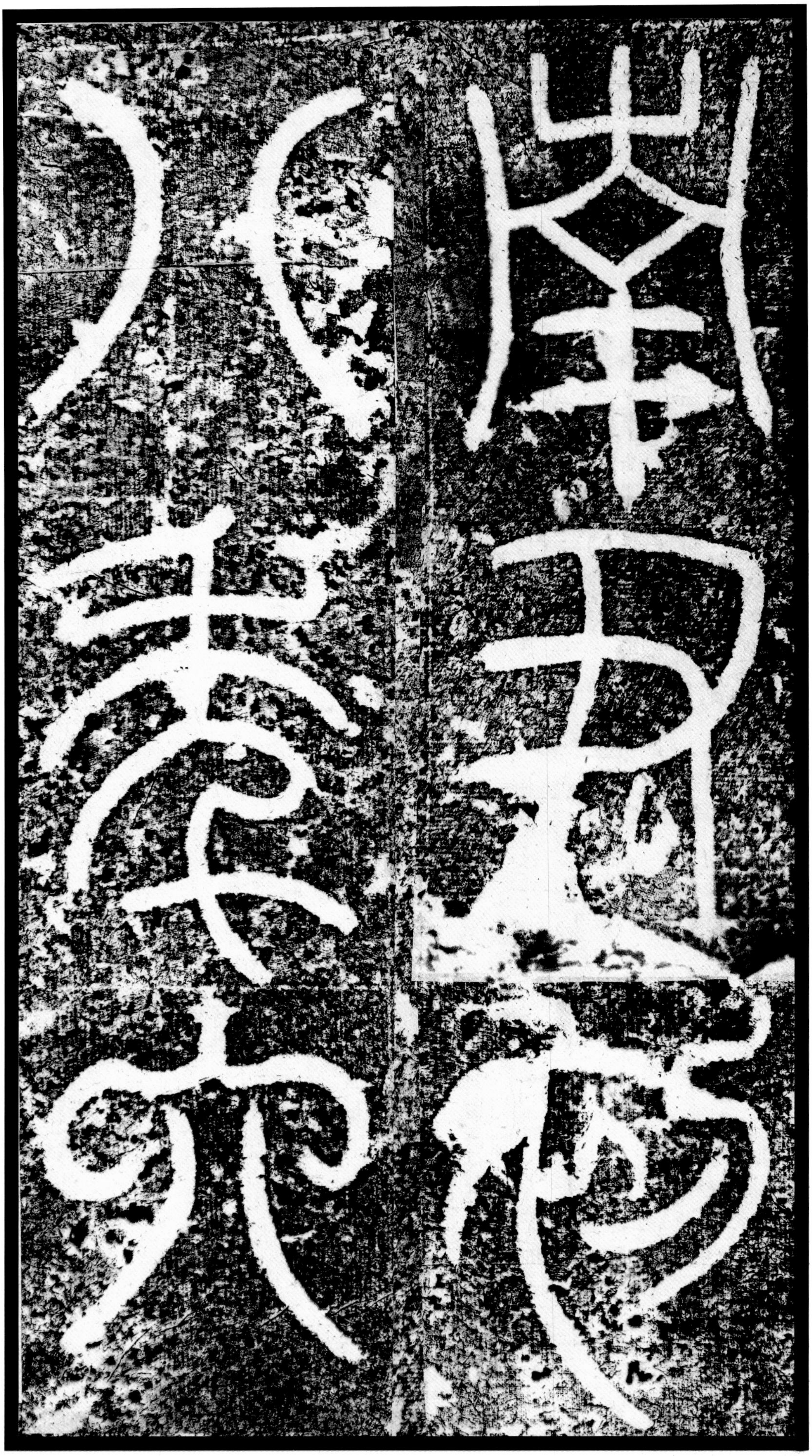

南尹。（建）初〈八年六〈

六月丙申：爲六月初六日。

太僕：周官有太僕，掌正王之服位，出入王命，爲王左馭而前驅。秦漢沿置，爲九卿之一，爲天子執御，掌輿馬畜牧之事。

月丙申，／拜太僕。／

元和二／年五（月）丙／

五月丙子：爲五月初三日。

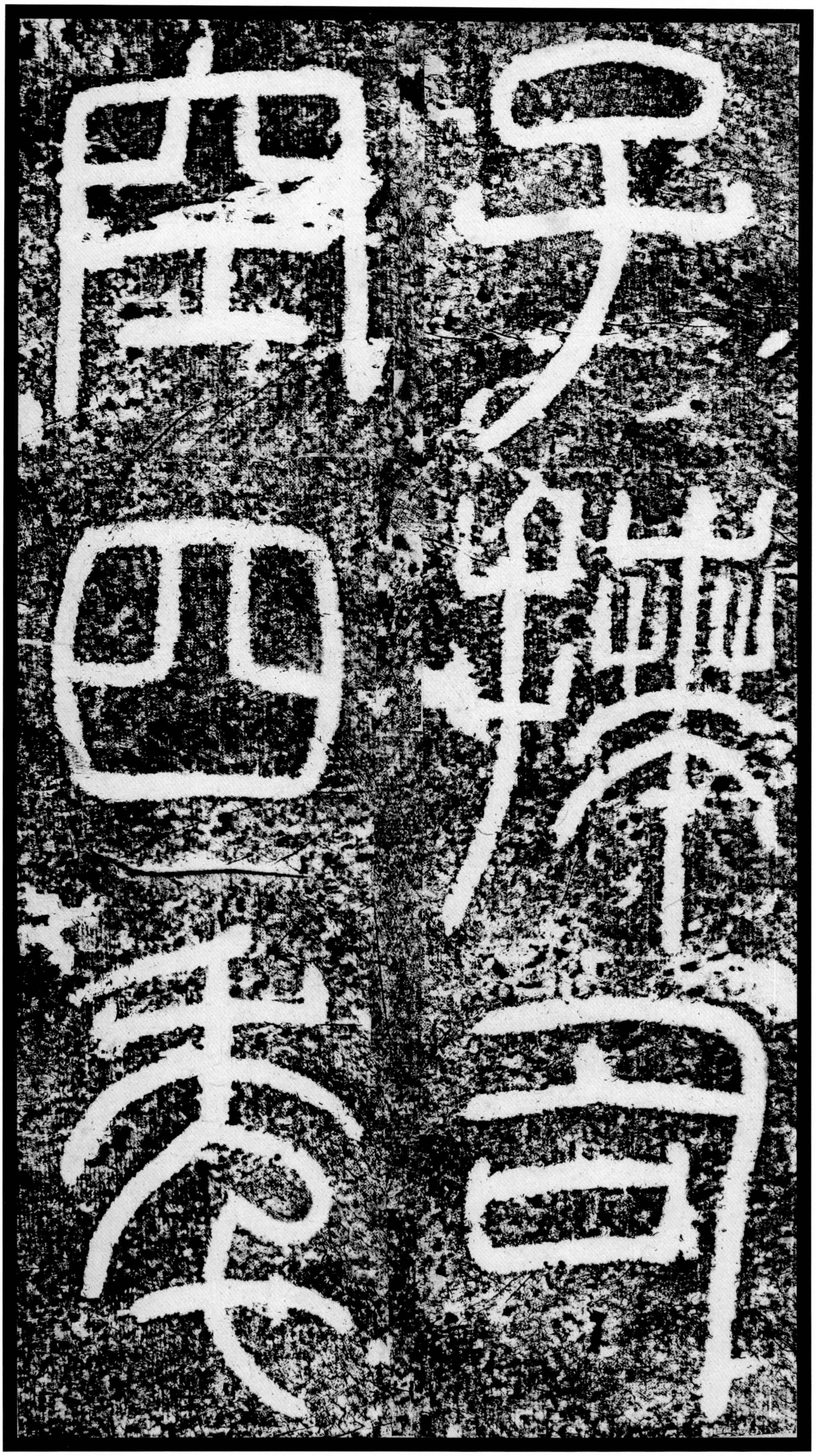

子，拜司／空。四年／

六月己卯：爲六月十三日。

六月己／卯，拜司／

徒。孝／和皇帝／

元服：指冠，古稱行冠禮爲加元服。《儀禮·士冠禮》：『令月吉日，始加元服。』《漢書·昭帝紀》『帝加元服』，顏師古注：『元，首也。冠者，首之所著，故曰元服。』《後漢書·和帝紀》：『（永元）三年春正月甲子，皇帝加元服，賜諸侯王、公、將軍、特進、中二千石，列侯、宗室子孫在京師奉朝請者黄金，將、大夫、郎吏、從官帛。賜民爵及粟帛各有差，大酺五日。郡國中都官西係囚死罪贖縑，至司寇及亡命，各有差。庚辰，賜京師民酺，布两户共一匹。』《東觀漢記》穆宗孝和皇帝：『三年春正月，帝加元服。時太后詔袁安爲賓，賜束帛、乘馬。』

加元服，／詔公爲／

賓。永元／四年（三）月／

三月癸丑：三月十四日。

薨：古稱諸侯或有爵位的大官去世爲『薨』。《後漢書·和帝紀》：『三月癸丑，司徒袁安薨。閏月丁丑，太常丁鴻爲司徒。』

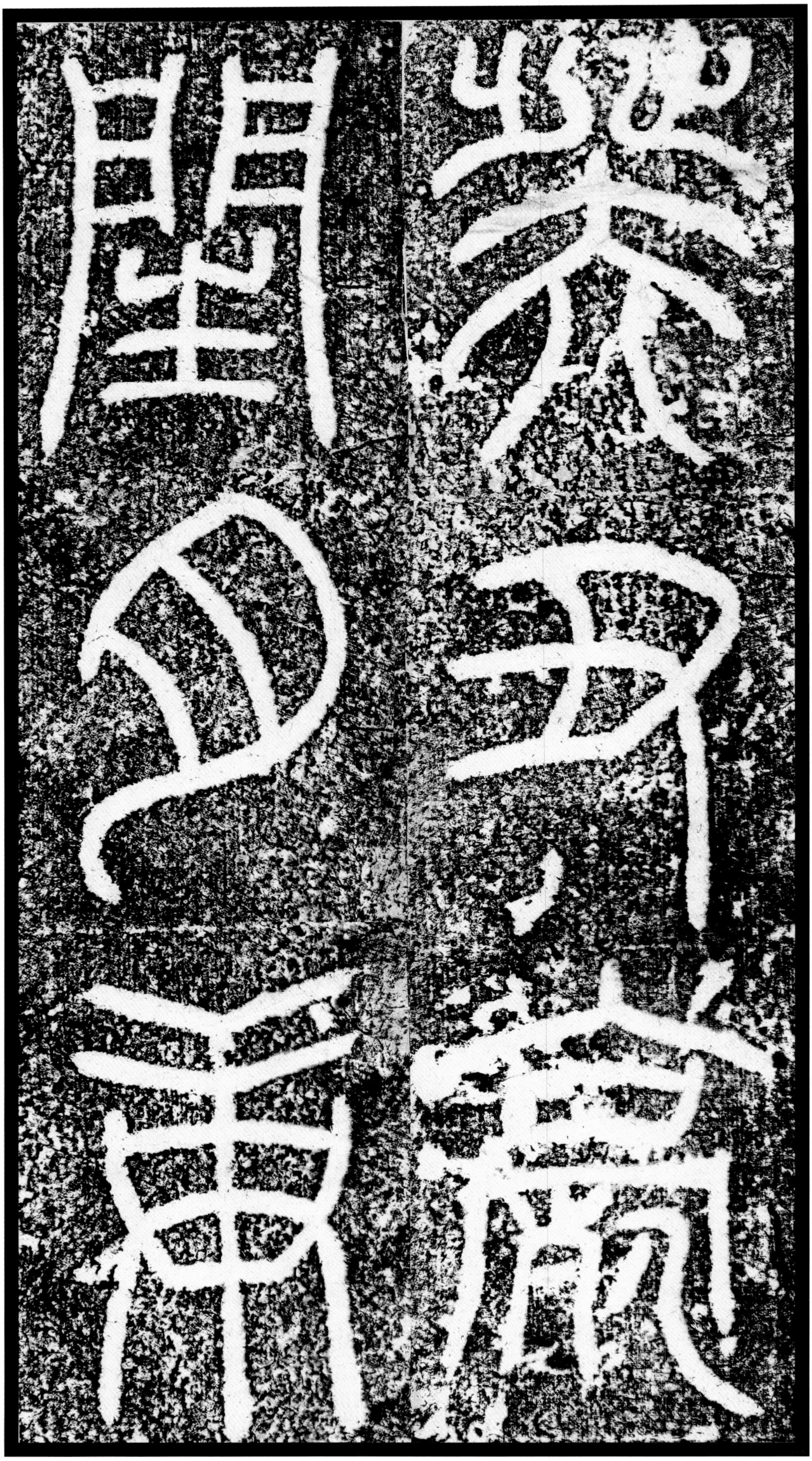

癸丑薨，/閏月庚/

閏月庚午：此年四月閏，庚午爲初二日。

午葬。

碑於民國十九年庚午夏六月發見於偃師縣西南三十里辛村，蒙壽芝考於廿一年出土，誤。全碑末一字全缺，餘都完好，得一百三十九字。漢碑首穿率在額上，而此碑則在碑字五六行七八字之中，當四字大。關百益《袁安碑》跋乃無一語及之，殆不見整幅，何以釋此，故爲拈出。

壬寅八月時希記

石下闕文一列，據史傳補之。一行喜，二行年，三行乙下一字，據長術，永平五月年正月朔丙寅，其初十日乙亥，二十日乙酉，三十日乙未，則亥、酉、未三字必居其一。四行任，五行太，六行月，八行三，共闕七字。

右录關百益考

按核原石，關考一至五行不誤，六行尹字之下當爲建字，敍次在永平十七年之後、元和三年之前，袁安拜太僕當在建初八年也。七行末爲月，八行司徒，以下原石空二格，九行末爲三。金石共缺八字，關攷錯踈，今爲糾之。

劉海天跋

袁安碑於民國二十一年出土河南洛陽城外篆法頗似嶧山碑鄉人掘土得之經估人賣歸金石家審為神品正在搨石間竟為□□收去惜流傳於外者甚少日昨海天老弟持以見示余雖喜之而別無搨本因識數字聊飽眼福之意云爾

二十二年八月遯蹤僧宗牛壽芝獲觀海上之蝸廬

自秦李斯作小篆後程邈變而為隸由是漢碑多磔隸而東漢書盡以作垂露懸針為篆均未豐以上

海天先生以洛陽新出土之袁安碑見示獨為篆隸而垂露懸針之意見其氣象石如相上下碑當生以為

共賞收其所得再搨新碑難得可寶者也

癸酉秋葉爾愷拜觀於滬上並題

袁敞碑

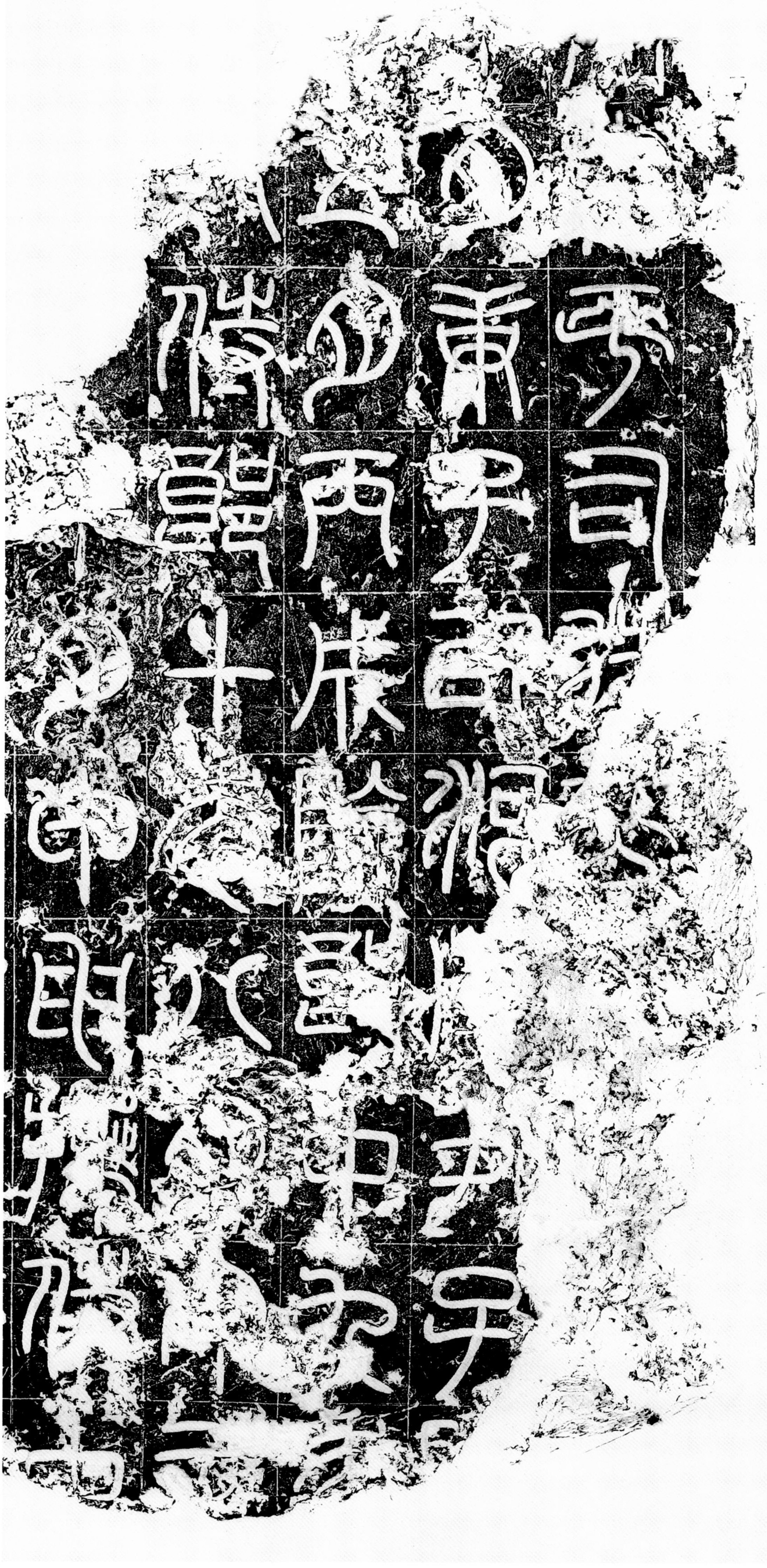

【整拓右半部】

【整拓左半部】

叔平：《後漢書》卷四十五《袁安傳》附袁敞傳：『（袁）安子京、敞最知名。……敞字叔平，少傳《易經》教授，以父任爲太子舍人。和帝時，歷位將軍、大夫、侍中，出爲東郡太守，徵拜太僕、光祿勳。元初三年，代劉愷爲司空。明年，坐子與尚書郎張俊交通，漏泄省中語，策免。敞廉勁不阿權貴，失鄧氏旨，遂自殺。……朝廷由此薄敞罪而隱其死，以三公禮葬之，復其官。子盱。』

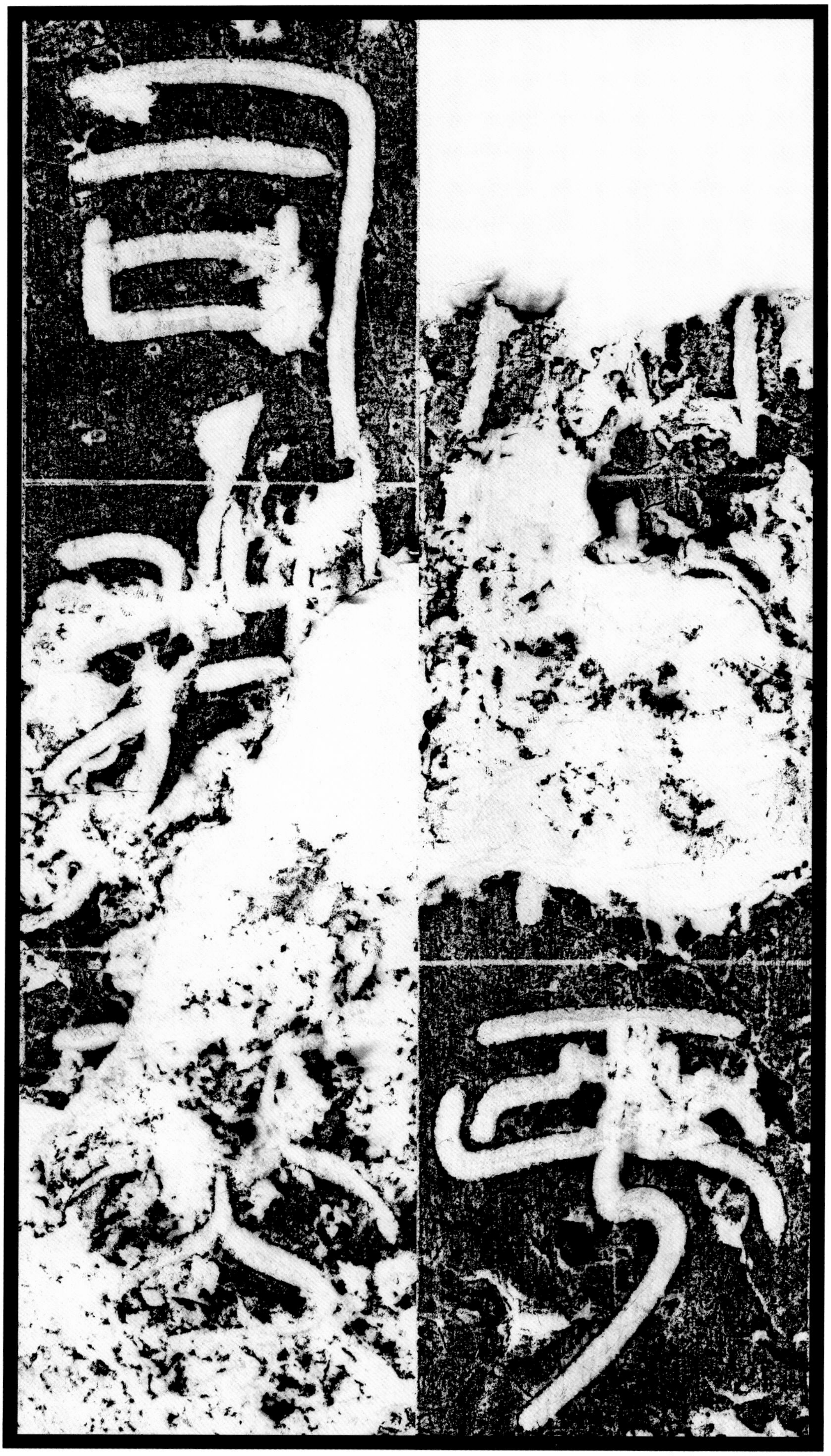

……（字叔）平，／司徒公／

……□月庚/子，以河/

南尹子／除……五月／

丙戌，除/郎中。九/

黄門侍郎：秦置，漢沿設，即給事於宫門之内的郎官。宫禁之門黄闥，故稱黄門郎或黄門侍郎。秦漢另有給事黄門，職司相同，東漢并爲一官，或稱給事黄門侍郎。秩六百石，掌侍從皇帝，傳達詔命。《後漢書·百官志三》：『黄門侍郎，六百石。』本注曰：『無員。掌侍從左右，給事中，關通中外。及諸王朝見於殿上，引王就座。』

年……（黄）門侍/郎，十年/

八月丁丑：爲八月十六日。

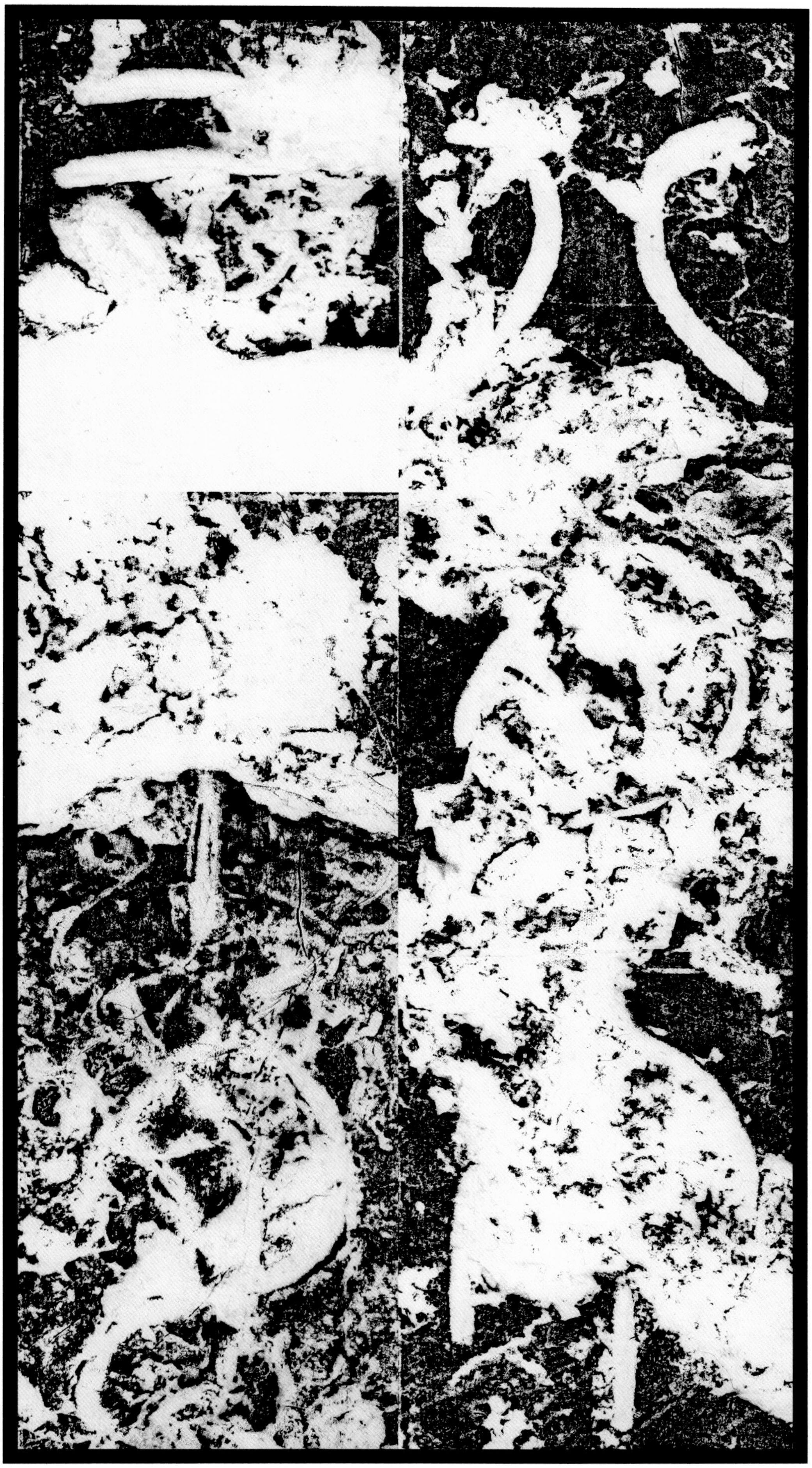

八月丁丑……十月

侍中：秦始置，兩漢沿置，爲正規官職外的加官之一。因侍從皇帝左右，出入宮廷，與聞朝政，逐漸變爲親信貴重之職。

申申，拜／侍中……□／

步兵校尉：漢武帝置，八校尉之一，掌上林苑門屯兵，秩二千石。所屬有丞及司馬，領兵七百人。東漢時屬北軍中候，校尉秩爲比二千石，領宿衛兵。

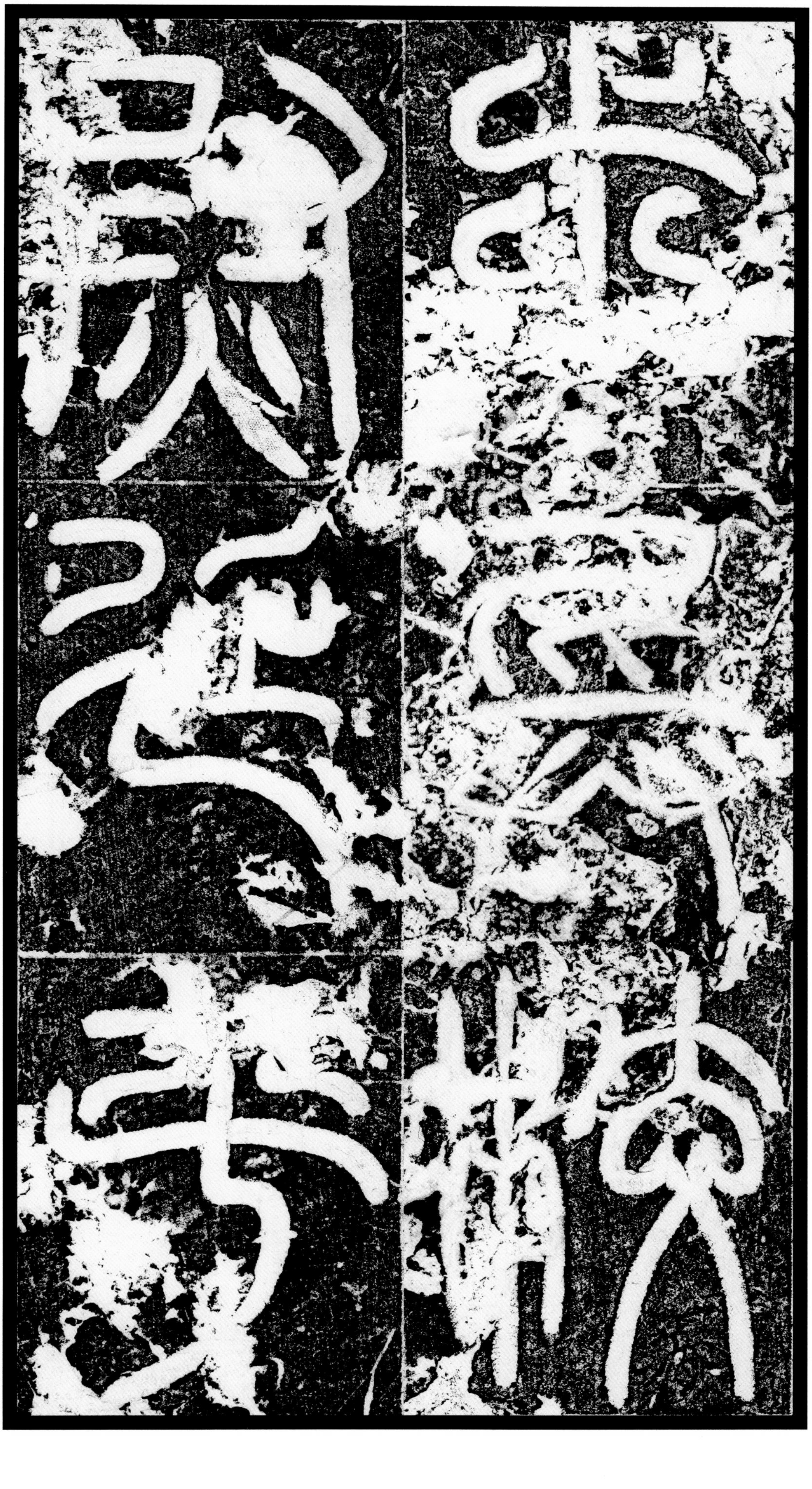

步兵校／尉，延平／

將作大匠：秦時稱匠作少府，景帝改稱將作大匠，秩二千石，掌修建宗廟、路寢、宮室、陵園等，屬官有丞和左右校令，官俸皆六百石。見《後漢書·百官志》。

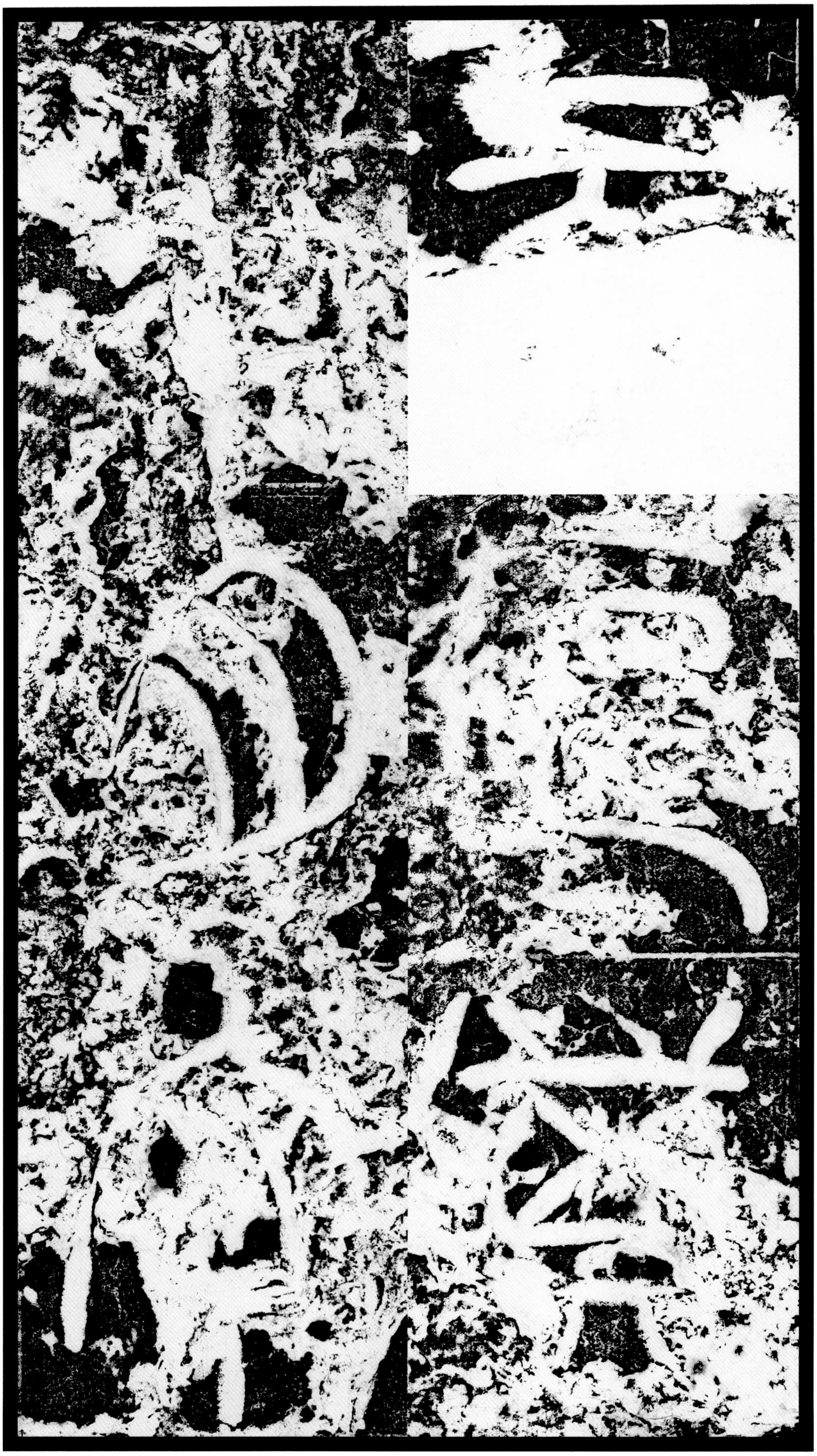

元（年）……（將作大）匠。其／七月丁／

丑，拜東……／丙戌徵／

大僕：即太僕。周官有太僕，掌正王之服位，出入王命，爲王左馭而前驅。秦漢沿置，爲九卿之一，爲天子執御，掌輿馬畜牧之事。

拜大僕，／五年……（元）初／

十二月庚戌：爲十二月二十九日。《後漢書》卷五《孝安帝紀》：『（元初二年）十二月，……庚戌，司空劉愷爲司徒，光禄勳袁敞爲司空。』按：此爲拜司空之年，袁敞本傳謂『元初三年，代劉愷爲司空』，則是任職之年也。

二年十〈二月庚〈

薨：古稱諸侯或有爵位的大官去世爲『薨』。

辛酉：爲四月十八日。

戌……薨，其／辛酉葬。／

歷代集評

（《袁敞碑》）漢刻篆書至少，惟《嵩高三闕》爲篆書，若《延光》、《三公》諸刻，則在篆、隸間。此碑雖多殘泐而字跡存者筆法具在，可仰窺秦漢間篆法遞嬗之跡，故此石在近年出土漢石中當推第一。

——近代 羅振玉

《漢司徒袁安碑跋》：《袁敞碑》出土後八年，而此碑始出。碑之廣一如《敞碑》，篆書十行，行存十五字，下截殘損，行各缺一字。計完碑當每行十六字。碑穿居第五、六二行，第七、八二字之間，此式爲漢碑中所僅見。書體與敞碑如出一手，而結構寬博，筆劃較瘦。余初見墨本，疑爲僞造，後與敞碑對勘，始信二碑實爲一人所書。

——近代 馬衡《凡將齋金石叢稿》

《天下碑録》有《漢袁安碑》在徐州子城南門外百步。《金石略》亦有著録。然則此碑宋時猶存，而歐、趙、洪諸家書皆不載，其文遂不傳。民國二十年，洛陽出土《袁安》、《袁敞》二殘碑，皆篆書。……余以爲此碑定是僞刻，然並世諸家題跋，多以爲非僞。惟李印泉跋初云『確爲古刻』，又云：『篆勢怯弱不振，即是真跡，不過備漢篆之一種。』則亦不信其力漢刻也。此碑出於洛陽辛家村，自非彭城之碑，附志於此，以存《袁安碑》故實。

——施蟄存《水經注碑録》

袁安，《後漢書》有傳，碑文所記事跡與傳記基本相同，但有個別文字可補傳記之缺。字體結構寬博，筆劃較瘦，與一九二三年洛陽出土的袁敞（袁安第三子）碑如出一人之手。

——《河南省志·文物志》

該碑書體爲小篆，字體結構寬博，筆力瘦硬，佈白均勻，使轉流暢，結體平整，厚重維茂。表現出嫻熟深邃的書法造詣。與一九二三年偃師縣出土的袁敞（袁安第三子）碑如出一人之手。

——《洛陽市志·文物志》

圖書在版編目（CIP）數據

袁安碑、袁敞碑/上海書畫出版社編. ——上海：上海書畫出版社，2013.8

（中國碑帖名品）

ISBN 978-7-5479-0649-1

Ⅰ.①袁… Ⅱ.①上… Ⅲ.①篆書—碑帖—中國—漢代

Ⅳ.①J292.22

中國版本圖書館CIP數據核字（2013）第187030號

中國碑帖名品［七］

袁安碑 袁敞碑

本社 編

責任編輯 馮 磊

釋文注釋 俞 豐

審　　定 沈培方

責任校對 郭曉霞

封面設計 王 峥

整體設計 馮 磊

技術編輯 吴蕃中

出版發行 上海書畫出版社

地址 上海市延安西路593號 200050

網址 www.shshuhua.com

E-mail shcpph@online.sh.cn

印刷 上海界龍藝術印刷有限公司

經銷 各地新華書店

開本 889×1194mm 1/12

印張 4 1/3

版次 2013年8月第1版

2013年8月第1次印刷

印數 1-5,300

書號 ISBN 978-7-5479-0649-1

定價 36.00元